TIEMPO DE LUCIÉRNAGAS

TIEMPO DE LUCIÉRNAGAS

María de los Dolores García Ayala

Para realizar pedidos de este libro, contacte con:
Palibrio
1663 Liberty Drive
Suite 200
Bloomington, IN 47403
Gratis desde EE. UU. al 877.407.5847
Gratis desde México al 01.800.288.2243
Gratis desde España al 900.866.949
Desde otro país al +1.812.671.9757
Fax: 01.812.355.1576
ventas@palibrio.com
707414

AGRADECIMIENTOS

Mi más sincero agradecimiento y cariño a Aurora Flor de María García Ayala, que siempre me ha impulsado a expresar lo que ella llama mi "talento"; este texto habría sido imposible sin sus infinitas revisiones, opiniones, observaciones. Sobre todo porque me motivó a escribir libre y por mi propia cuenta. "Gracias Güera".

María Eugenia Sánchez, mi gran amiga de infancia a quien también admiro por haber obtenido, entre otras cosas, la Maestría Universitaria en la especialidad de "Cuenta Cuentos" y quien me obsequió su tiempo "Contando este Cuento", por su apoyo de toda una vida ejemplar y cultivar en mi la esperanza de que existe la esperanza.

Agradezco el apoyo de Elda Baeza Wilmot, Shulamit Lifshitz Lando "Couch of the Sould", Françoise Couissin, Elsa Mota, Lucía Messeguer, por sus consejos y amistad, también a mis sobrinas Alejandra, Liliana y a mi prima Norma, por creer en mí.

También a mis tías, y a Esther Mira que me ayudaron a conseguir ciertos datos históricos relevantes.

Especialmente agradezco al Dr. Luis Enrique Gutiérrez por su apoyo incondicional, al Periodista Juan Antonio Ayala por valorar mí trabajo y a mi asesor de edición José Ortega por su paciencia y profesionalismo.

Igualmente expreso mi eterno agradecimiento a una larga lista de personas que se han visto implicadas en este ejercicio, muy particularmente a mi Gran Maestro y Mentor Don Carlos Illezcas, poeta y pionero del Radio-Teatro en Radio UNAM.

Mi reconocimiento a quienes se negaron a participar o apoyarme en este proyecto, porque gracias a su negativa, me esforcé aún más, al grado de que unas cuantas cuartillas se convirtieron en lo que podría ser considerado un libro sencillo, pero sumamente emotivo.

CAPÍTULO UNO

Le hicieron una fiesta espectacular al cumplir quince años, llegaron tantos invitados que invadieron los tres patios, el enorme comedor, ambas salas, el despacho de su padre, el garaje y hasta en las escaleras de su casa bailaron al rimo del conjunto musical en vivo de rock, funk, los Beatles, baladas románticas y toda clase de música, a excepción del típico vals "Sobre las Olas", que era y sigue siendo el vals tradicional en las fiestas de quinceañeras en México, en las cuales las muchachas acostumbran usar largos vestidos pomposos de gaza, los invitados smoking y trajes formales, la festejada baja por enormes escalera y bailar con quince chambelanes o amigos elegidos especialmente para el evento.

Su festejo fue completamente diferente, las chicas con minifaldas, los jóvenes con jeans y ropa informal, porque ella desde varias semana antes de la fiesta, se dedicó a escribir la invitación en todos los pizarrones del Colegio, la convocatoria surtió tan buen efecto que acudieron casi todos los compañeros de la secundaria donde estudiaba, así como amigas y amigos de la colonia, además decenas de amistades de sus hermanos mayores. Recibió infinidad de regalos perfumeros, joyeritos y cajitas musicales, pero los que más le gustaron fueron los discos Long Play fabricados en vinil de the Doors, the Beatles, Rolling Stone, y Joe Kocker.

Sus padres también le obsequiaron un viaje de varios meses por Europa occidental, pero al partir el avión, por error de la línea aérea, enviaron el equipaje de su hermano a Londres, aunque su destino era Alemania y hasta que llegaron a la Ciudad de Berlín se dieron cuenta; su pobre hermano a pesar de que hablaba inglés pasó las de Caín en el aeropuerto, cuando reclamó la maleta a las autoridades quienes solo quisieron hablar en alemán, en ese idioma y costumbres incomprensibles de ese país, el hermano desesperó y salieron del aeropuerto sin su equipaje y con una gran frustración.

El primer lugar importante y distinto que conoció fue el famoso Muro de Berlín, que separaba la Alemania Capitalista de la Alemania Socialista, el recorrido fue únicamente en las zonas fronterizas, las más convenientes para mostrar a los turistas; sin embargo ahí se percató de una gran diferencia en la forma de vida, del otro lado del muro en los años sesentas del siglo veinte, todas las casas eran austeras e iguales, no tenían jardines, flores ni bardas, la gente vestía ropa sencilla de colores serios, apagados, muy ligera aunque hacía frío, cuando se acercaban reinaba el silencio, las personas emitían cierta amargura, recelo y rechazo hacia los turistas, porque los visitantes veían con gran morbo desde los lujosos autobuses panorámicos los observaban con desdén cada detalle y principalmente a las personas que veían casi como ejemplares de circo, pero sin disimular aquella gente les respondía con caras largas y densas miradas expresando su desagrado hacia los intrusos; imágenes que quedaron tatuadas de en su memoria.

Después se trasladaron a Viena, Suiza, y recorrieron prácticamente toda la península italiana, durante esos largos recorridos recuerda a su madre, que la interrumpía en sus pensamientos, porque hablaba todo el tiempo para señalarle la campiña y los pastos bien cuidados así como los árboles y le decía:

< Cómo me gustaría llevarlos a casa >

Por su sensible e inquieto espíritu se extasiaba en cada lugar que visitaban, fue su primer acercamiento al mundo del arte, con atención examinaba sin perder detalle los antiguos y hermosos palacios, enormes templos, en los museos todas las pinturas, esculturas y edificaciones de estilos como el barroco, rococó y bizantino.

La acompañaron su madre y el hermano menor, el resto de la familia ya conocía el antiguo continente, los hermanos mayores se quedaron en México para continuar sus estudios, el padre estuvo a cargo de sus negocios como abogado, así como del negocio familiar.

La pérdida del equipaje de su hermano, fue algo que los afectó durante todo el viaje, porque después de los recorridos turísticos, en todas y cada una de las ciudades que visitaron, invariablemente, se pasaban el tiempo libre comprando ropa para él, en alguna ocasión se atrevió y preguntó a su madre ¿por qué siempre vamos a los departamentos de caballeros?, la mamá le argumentó que el hermano no tenía ni ropa interior que usar durante el viaje y para colmo empezaba la temporada del frío de otoño, pero se dio cuenta que al pobre hermano también lo ponía como maniquí para adquirir ropa de vestir para los hermanos mayores, porque los tres eran casi de la misma talla, y hasta para el padre de quien la madre sabía perfectamente gustos y necesidades.

En los pocos momentos que le dedicaba a ella le elegía algún pullover blusas y minifaldas de lana y recuerditos, aunque su madre también se ocupó de comprarle aretes y anillos de perlas y en Italia hermosos camafeos, elaborados a mano y en finos materiales engarzados en oro puro, y sedas para que la modista de México le confeccionara ropa a la medida. Pero lo más importantes de aquel viaje, acontecimientos, paisajes, sabores y aromas quedaron grabados en su memoria.

Fue hasta que llegaron a Madrid que su prima Pili la acompañó de compras; pantalones, blusas, abrigos y vestidos en El Corte Fiel y El Corte Inglés, su prima le ayudó porque aún a esa edad no sabía elegir su ropa, sin embargo en Burgos su madre fue a conocer la fábrica de tejidos de unos parientes, y con gran amor le regaló decenas de vestidos, suéteres y chalecos, de lo más modernos y que aún no se conseguían en México.

Recorrieron gran parte de España, tanto ciudades como pueblos para conocer a sus familiares: desde Cartagena donde su tía Hortensia y la prima Pili tenía familiares, las playas de la Costa Azul, ella y Pili eran tan bonitas que en Benidorm tuvieron muchas conquistas, o pegue como se decía en aquellos tiempos y salían a bailar por la noche con jóvenes muy guapos y el pobre hermano de chaperón, en Santander conoció a un primo casi de su edad, que fue caballeroso y muy amable; en San Sebastián se enamoró de las espectaculares olas que se formaban por la unión del mar con La Ría, allí su hermano compró todos los elementos para pescar en un puente, al pedir consejo a un pescador, éste les preguntó ¿es muy peligroso vivir en México por tantos charros con pistolas?, esa era la idea que tenía la gente del pueblo español basada en las películas de Pedro Infante, Jorge Negrete así como las películas de Pancho Villa y la Revolución de México.

También conocieron ciudades como Bilbao y Valencia, Barcelona, hasta aprendieron a cosechar uvas a pleno rayo del sol y manualmente, en un antiguo viñedo de algún familiar, convivieron en el ritual del machacado de las uvas con los pies, así como el antiguo proceso de fermentación del mosto, que consiste en la transformación en alcohol los azúcares que contiene la uva, acumulaban el jugo de la vid en enormes recipientes, construidos de maderas especiales, en los que por medio de la acción de las levaduras y pasando por diversos filtros lograban obtener finalmente vino.

Como base de su recorrido por España contaron con la hospitalidad de buena voluntad de la tía Rosario, prima hermana de la madre, quien los invitó a vivir varias semanas en su enorme casa que era una gran mansión a las afueras de Madrid, tenía piscina, grandes jardines y hasta un pequeño zoológico de animales exóticos importados de todo el mundo propiedad del primo Alberto.

La tía Rosario les prestó un auto último modelo Mercedes Benz, para conocer las ciudades más cercanas a Madrid; en la carretera a Toledo, por una infracción menor, les sucedió algo inolvidable y singular, un Guardia Civil detuvo el automóvil que su madre conducía, no hubo mayor complicación porque le explicaron que eran turistas y desconocían el reglamento vial, el Guardia Civil al saber que eran mexicanos modificó su cara larga y agria, sonriente les dio una breve explicación sobre las reglas más importantes para conducir en las carretera del país, sin embargo cuando su madre le hizo la atención de regalarle, como recuerdo, una moneda de un peso mexicano, de plata con el águila típica del Escudo Nacional. El Guardia Civil preguntó su valor en la moneda española, lo aceptó con gusto y les obligó a recibir el valor equivalente que en esa época eran cinco pesetas.

Después se hospedaron tres semanas en Lerma provincia de Burgos, grande fue su sorpresa al preguntar por sus familiares apodados "los caracolillos" que se distinguían por tener el cabello sumamente rizado, el resultado fue impresionante porque prácticamente toda las personas del pueblo eran sus parientes, ahí conoció a la familia completa de su abuelo paterno.

Después viajaron a Francia en Paris recorrieron todo el río Sena en un crucero nocturno de lujo con cena especial, hermoso fue ver los arcos iluminados; la mesa con velas y la deliciosa langosta, quesos, vinos y champagne de primer nivel; pero ella no solía tomar bebidas espumosas, se emborracho sin notarlo, en el taxi de regreso al hotel abrió ventanas y con medio cuerpo de fuera gritaba <Paris se tre Jolie>, al llegar a la habitación del hotel su mamá la obligó a tomar algo para disminuir los efectos del champagne, ella brincaba de una cama a otra riendo y recordando sus clases de francés decía palabras que ellos no comprendían, hasta que llegó su hermano los convenció de que si iba a ingerir el brebaje, pero lo hizo con la condición de que el hermano se bebiera la mitad del líquido, no paraba de reír. Pero la cruda realidad del día siguiente fue una terrible resaca en otoño con el aire tan frío que sentía que se le rompía de cabeza y no podía disimular sueño por lo que le costó bastante esfuerzo disfrutar el viaje y la visita al

Palacio de Versalles, además al ver los jardines pensó <¿Tan largo viaje y escándalo por este jardín? con tantos jardines y palacios más grandes y hermosos que he visto durante estos meses> la verdad era la resaca y el dolor de cabeza lo que no le permitieron caminar ni disfrutar realmente del palacio y los jardines tan famosos de Versalles.

Después viajaron a Inglaterra, el único incidente especial que recuerda, fue que en la primera noche, en el hotel de Londres, no le permitieron al hermano entrar a la cena sin corbata, tuvieron que correr y subir a la habitación y ayudarle a vestirse con traje de casimir y por supuesto la corbata, para no llegar tarde al flamante restaurante, finalmente lucía de lo más guapo y distinguido el hermano, las chicas de otras mesas lo miraban con insistencia, aunque él no parecía ni siquiera notarlo.

Desde Londres abordaron el avión a la Ciudad de México, con escala en Montreal, el vuelo fue muy largo y cansado, durmió casi todo el tiempo, pero al llegar a Canadá la altísima rubia, pero mal educada y desagradable, azafata la despertó aventándole una toalla con desinfectante sobre la cara, en esa línea aérea alemana era notoria la actitud discriminatoria.

CAPÍTULO DOS

Su regresó a México, después haber vivido varios meses en el antiguo continente, experimentó enormes contradicciones y contrastes, había regresado a un mundo totalmente diferente, durante mucho tiempo reflexionó y noto las grandes diferencias entre lo que vivió en las diferentes culturas europeas y las de

México; tipos de personas, vestimentas, conductas, forma de hablar y costumbres.

Pero además se enfrentó a un realidad muy personal, iniciaba tardíamente su primer año de estudios de preparatoria, al mismo tiempo sus padres le impusieron la tarea de trabajar en el negocio familiar <La Corbata Perfecta> la única tintorería especializada en corbatas, conocida en la Ciudad de México hasta la fecha.

Fue su obligación relevar a sus padres en el horario de la comida, para atender personalmente a los clientes y encargarse de la cobranza, por lo que no tuvo tiempo para las acostumbradas reuniones de sus compañeros al termino de las clases, era necesario que apresurarse para abordar un autobús en la esquina de Félix Cuevas y Avenida Patriotismo, después caminaba un poco para llegar a casa, se cambiaba el uniforme, comía con su abuela materna, y salía de casa y abordaba otro autobús el "Roma-Mérida", su costo era de treinta centavos y su recorrido era desde el sur hasta el norte la Ciudad, pero ella viajaba únicamente un pequeño trayecto de media hora hasta la esquina de la avenida Nuevo León con la calle de Tehuantepec, a media cuadra de donde se ubicaba la tintorería. Las jefas de las empleadas de la tintorería eran sus tías Rita y Esperanza, a quien de cariño llamaban Pelancho también eran las primas de su padre hijo de inmigrante español y su esposa mexicana Carmen, originaria de un poblado del Estado de México llamado Dos Ríos, las tías siempre le hacían notar que su abuela paterna Carmen, tenía una hermosa y larga cabellera rubia, era muy bonita, de piel blanca, ojos verdes, así fue como se enteró que su abuela era mestiza; una mezcla de sangre mexicana y francesa. Cuentan que el padre de Carmen también era rubio de ojos verdes, así como muchas personas de la región, porque durante la época de Maximiliano cantidad de franceses vivieron en esa zona, gente de tez blanca, cabelleras rubias, ojos azules, verdes y color miel era de lo más común en la población.

Su abuelo Don Fernando sí era español de toda sepa, nació en Lerma provincia de Burgos y llegó de España a México en 1896, sus familiares españoles expresaban siempre el rumor de que Don Fernando había viajado a México para hacer fortuna. Don Fernando era muy atractivo, de tez blanca, nariz, recta y perfectamente delineada, ojos azules, cabello y barba negros, bajito de estatura y de un genio atroz, tanto que les prohibía comer tortilla en casa; la leyenda sobre Don Fernando versa que en tiempos de la revolución recorría en su propia recua de mulas toda la república mexicana, con su mandolina iba tocando y cantando por todas las sierras de México, eso fue lo que lo distinguió y dio personalidad en los pueblos más recónditos desde el norte hasta el sur, al grado de que en todos los pueblos le llamaban < güerito de la mandolina> y sí, en efecto logró

hacer gran fortuna gracias a su valentía y don de
mando, en esos atrevidos, peligrosos y constantes
viajes que durante muchos años realizó, sin más
protección que su recua de mulas y los machetes
de unos cuantos cargadores indígenas leales que
lo acompañaban en su ardua labor; vendía granos
y alimentos en los poblados más recónditos de todo
el país, algunos inaccesibles para gente común y
hasta para las tropas militares, así de arriesgado era
que el <güerito de la mandolina> escondía varios
cinturones de doble fondo debajo de la ropa, en los
que guardaba las monedas de oro y plata con las
que le pagaban, aunque también recibía billetes
que a cada momento perdían su valor a causa de
la revuelta social. Don Fernando guardaba todo su
dinero en el amplio sótano de su casa de la Ciudad
de México, en cofres especiales y a buen resguardo
de miradas de extraños y hasta de su propia familia;
por su aguda inteligencia y astucia <el güerito de
la mandolina> invirtió en terrenos y propiedades
inmuebles, sólo así pudo defender y salvar algo
de su fortuna, porque constantemente había
devaluaciones de los diferentes billetes en aquella
época de cambios revolucionarios y políticos, cada
líder que llegaba al poder, el billete de líder anterior
era desechado, no valía en nada absoluto e imprimía
el propio billete, así también al llegar otro líder se
perdía todo valor sus billetes, millones de billetes y

fortunas desaparecían de un día al otro, únicamente lo acuñado en oro conservaba y subía de valor.

En uno de tantos pueblos, escondidos en la sierra del Estado de México, en un poblado llamado Dos Ríos conoció a Carmen a quien hizo su esposa, de esa unión nacieron tres hijos María Luisa la primogénita, después los cuates Guillermo de ojos azules y rubio, quien murió a los once meses, y Frenando de tez muy blanca, hermoso cabello ondulado obscuro y enormes ojos negros.

Todas las tardes, las primas de su padre, le platicaban sobre la casa antigua de Dos Ríos, le contaban leyendas de fantasmas y tesoros de oro enterrados, dentro de ollas de barro en los patios traseros, razón por la que los fantasmas aparecían justo a un lado del horno de piedra en la cocina de la casona del pueblo de Dos Ríos, ubicado en el actual municipio de Huixquilucan y Santa Cruz; era una de las más antiguas estaciones del ferrocarril que cruzaba todo el Estado de México y la población estaba conformada por unas cuantas casitas de adobe, típicas, de las zonas rurales mexicanas, enclavada en las montañas entre enormes Pinos y pasajes de grandes y frondosas áreas verdes por el clima húmedo, lluvioso y frío de la sierra.

Para llegar a Dos Ríos había tres carreteras, la mejor pertenecía a la Comisión del Agua del gobierno, pero para transitar por ella tenían que tramitar permisos especiales del gobierno; otra forma de llagar era por una carreterita vía el Parque Nacional de La Marquesa, o por la salida al noroeste de la ciudad, pero tenían que pasar a través de barrios muy peligrosos, lo más fácil y lo mejor era utilizar el ferrocarril, ya que las incipientes carreteras de terracería rodeaban infinidad de montañas, con muchas curvas sumamente peligrosas y había baches que parecían piscinas por las constantes en lluvias de la zona.

La idea de ver los fantasmas atraparon su interés e imaginación, tímidamente insinuó a las tías que la invitaran a Dos Ríos, como toda adolescente curiosa, inquieta y precoz y dada a la aventura, a sus escasos dieciséis o diecisiete años inició una temporada de constantes viajes al pueblo de Dos Ríos, que poco a poco se convirtieron en un ritual de cada fin de semana, olvidó a sus amigos y pretendientes de la ciudad y compañeros del colegio, ese pueblo se convirtió en su lugar favorito, en donde inventó e imaginó miles de historias, algunas reales y otras sin retorno.

Cada viernes, en punto de las tres de la tarde, desde el sur de la Ciudad subían al autobús, en la esquina de "Avenida Insurgentes y Tehuantepec", el boleto costaba cincuenta centavos, se bajaban hasta le la entonces moderna, estación de Ferrocarriles Buena Vista, el tren partía puntualmente a las cuatro de la tarde; entraban por la puerta de la esquina derecha, caminaban rápidamente hasta las taquillas que se encontraban en la esquina del lado izquierdo de la estación, tía Rita invitaba a sus vecinas Rocío y a su hermana Lucía y por supuesto a ella y a Carmelita, su mejor amiga desde la infancia.

La descomunal estación de ferrocarriles era tan grande y fría, que la impresionaba y no entendía ni le encontraba sentido a tanto espacio desperdiciado, la deslumbraban los brillantes y bien pulidos pisos, forrados por gigantes cuadros de mármol veteado gris con blanco, hasta los gruesos pasamanos dorados de bronce le parecían realmente imponentes, sin hablar de las largas distancias a caminar, apenas alcanzaba a subir por los altos amplios escalones, se preguntaba, el por qué tenían que entrar por la puerta más lejana y recorrer toda la estación con prisa, hasta donde vendían los boletos en el último rincón de la titánica edificación, irremediablemente la comparaba con las pequeñas y funcionales estaciones europeas principalmente de las provincias de España

El boleto al pueblo costaba tres pesos con cincuenta centavos, en fila pagaban los pasajes y con maletita en mano, corrían por los largos andenes de cemento y terracería, para alcanzar el tren que empezaba a arrancar, con rapidez abordaban por el último vagón del tren que era el pulman y cruzaban decenas de vagones, para llegar a los asientos de segunda clase, le llamaban la atención las personas que veía a lo largo del recorrido de los vagones, básicamente los pasajeros de la gente humilde, tanto los hombres con sombreros de paja y petate, como las mujeres morenas regordetas, cabello obscuro y trenzado, con rebozo, gallinas y animalitos que llevaban en canastos o jaulitas, entre otras cosas, una realidad mexicana que nunca antes había visto.

Los asientos eran de tablas forradas de vinil rojo acolchonado, atrancados con gruesas patas de metal atornilladas a la madera desgastada del piso; las ventanas de fierro con vidrios gruesos, casi siempre atoradas, era imposible abrirlas por el su gran peso, de forma que debían caminar rápido entre la gente para conseguir un asiento cerca de alguna ventana que estuviera abierta, de lo contrario el calor, aromas y aglomeraciones podían sofocar a cualquiera.

Inevitablemente comparaba algunos de los hermosos trenes que recordaba, sobre todo los de San Sebastián y Bilbao; también antiguos, pero estaban alfombrados o con parqué reluciente, los sillones eran parecidos a los de los castillos europeos que visitó, los asientos de madera tallada, forrados con telas bordadas con hilos dorados de seda, aunque eso sí se movían a rabiar, muchísimo más que los de México, que eran más grandes, seguros y estables.

La salida del tren era larga, lenta y singular, el recorrido iniciaba a partir de un sinfín de rieles abandonados, viejos y entrecruzados, vigas cubiertas de petróleo, polvo y aceite, le impactaban los "vagones – casa" que circundaban la estación, se hacía mil preguntas ¿cómo era posible que aquella gente pudiera vivir allí? no sabía responderse por qué esas personas eran tan pobres como para sobrevivir en esos lugares, siempre las veía, sentadas o de pie junto a puertas y ventanas de sus "vagones-casa" que estaban adornadas de macetas con flores de mil colores y jaulas de pajaritos y rodeados de perros y gatos famélicos, parecía que se les fuera la vida entera viendo partir los trenes, se preguntaba si algún día podrían pagar un boleto para viajar a sus anchas, o conocer a la gente que iba dentro del tren, pensaba, que tal vez se esa gente desearía saber cómo sería pasear en el lujoso coche pulman y su comedor panorámico, o quizá les gustaría conocer los lugares y poblaciones que recorría.

Entre bromas y risas las chicas de la capital llegaban al atardecer al pueblo de Dos Ríos, lo que nunca vio fue fantasma alguno; las fiestas, bailes, tardeadas y lunadas le hicieron olvidar por completo los misteriosos cuentos de las tías, su curiosidad sobre los fantasmas, fue cobrando nombres y personalidades de los muchachos del Dos Ríos y los pueblos vecinos, quienes se reunían en las fiestas que hacía su familia en la casona, mismas que llegaron a hacer historia tanto en las comunidades como en sus personas.

En un inicio solo iban la tía sus vecinas, ella y su mejor amiga Carmen, pero poco a poco fue creciendo el grupo hasta juntarse más de una docena de otras chicas que se fueron uniendo posteriormente al grupo; no todas tenían la misma educación que ella y su amiguita Carmelita, las nuevas ostentaban costumbres y condición social muy diferentes y hasta conductas morales muchísimo más relajadas, lógicamente, esas conductas provocaron injusta reputación sobre las jovencitas, pero ella nunca las tomó en cuenta, llegó a ser la favorita del grupo, sin perder sus principios morales y buena educación, por esa razón se convirtió casi en una leyenda para los muchachos de allá, llegó a ser muy popular, no solo por ser sobrina de Rita, sino por buena conducta, sencillez, simpatía, por su estampa y gracia que hacía innegable su origen español, tampoco se parecía a las demás, todas lindas, pero ella sobresalía en personalidad, alegría e incomparable al bailar, además era la única que había vivido tres meses en España, lo que alagaba a la familia: tía Jóse, tío Trinidad a quien con cariño llamaba Tío Trini, y las tías Lidia, Luisa que vivía en la casa del pueblo con sus hijas Reyna y Lucila, pasando las vías del tren vivía la tía Lála, con sus hijos Eduardo, Ricardo, Lolis, y Mirusa, todos se unían a las fiestas, bailes y lunadas que hacía por una accidentada carreterita de terracería que llegaba hasta el valle de las carreras, un amplio terreno de pasto completamente plano, donde encendía fogatas y cantaban al rededor para evitar el frío en cualquier época del año.

Los muchachos Dos Ríos y de Huixquilucan eran atractivos, siempre le dedicaba a ella en particular la melodía de <Ojos Españoles> de Hugo Avendaño, aún recuerda la frase que dice <Los ojos de la española que yo amé>, muchísimos años después ya siendo toda una mujer, en una boda, Toñín ya maduro y canoso, interrumpió el baile, para cantarle personalmente esa melodía, que la convirtió en una leyenda en el pueblo de Dos Ríos desde su juventud.

Eran notorias las diferencias entre los chicos de la preparatoria y la ciudad al compararlos con los del pueblo; se percataba que ahí llamaba más la atención, no solo porque era diferente a las demás sino porque creyó ser más popular que con los chicos de la preparatoria; cruzaba por la crítica fase de la adolescencia padecía una gran inseguridad y se sentía totalmente desubicada, por lo que no se daba cuenta de la verdadera popularidad y gran afecto con el que contaba de parte de sus compañeros del Colegio, quienes además de ser sumamente guapos y acaudalados de alta posición social y cultural, hijos o nietos de españoles refugiados la mayoría eran descendientes de famosos intelectuales, artistas, pintores, directores de cine, fotógrafos, importantes políticos, o hijos y sobrinos de Rectores de la Universidad Nacional Autónoma de México, pero por lo general los chicos que a ella le gustaban no le hacían el menor caso, no entendía por qué, aun así y durante mucho tiempo asistió a las fiestas organizadas por el Colegio, a pesar de que en varias ocasiones llegó a quedarse en la entrada sin atreverse a entrar, por temor al rechazo o por su forma de vestir, que generalmente elegía su madre, faldas largas con enormes flores de todos los colores y blusas amarillas, lo qué le producía escalofríos, sentía que llamaría demasiado la atención entre sus compañeras que vestían tan diferente con minifaldas y pantalones de mezclilla.

Sus amigos de la colonia Nápoles y Del Valle la habían abandonado, porque tenía que estudiar y trabajar, no le quedaba suficiente tiempo para verlos, incluso llego a percibir cierta aversión a su regreso de Europa, estrenaba ropa diariamente, vestía y se peinaba más moderna, hasta aprendió a maquillarse en el Colegio, lo que anteriormente no hacía; su mejor amiga se había se mudado a otra zona, la encontró convertida en el centro de atracción de un grupo de mujeres y hombres muy mayores, con intereses y costumbres diferentes a las suyas. Nunca olvidará al padre de su amiga, al que admiraba porque de él aprendió el hábito de la buena lectura y llegó a querer como a un tío o familiar, cuando le dijo seca y directamente <¿Qué ya te crees mucho porque fuiste a Europa?> tal vez esa fue la causa del rechazo, o quizás fue porque transcurrieron más de tres meses sin contacto entre ellas, ni siquiera se enteró de que se habían mudado y que nunca había recibido las postales que les envió desde el otro continente, regresó a buscarlos esperando ser recibida con el cariño de siempre, pero se percató de la poca atención que recibía por parte de su amiga, la cual se había enamorado de un hombre mayor y de costumbres sumamente extravagantes, de forma que el alejamiento entre ambas dio fin con la comunicación acostumbrada, su amistad nunca volvió a ser como antes de sus quince años y de ese hermoso viaje; aunque desde España, trató de procurar a su amiga por cartas, de igual manera en que solía hacerlo cuando viajaba por semanas al Paso Texas, más tarde se dio cuenta al asistir a algunas fiesta que sus hermanos organizaban que ya no gustaba su ambiente, le pareció demasiado pesado y sórdido, tampoco le agradaron las personas que ellos invitaban, decidió que ambas habían adoptado diferentes derroteros o estilos de vida.

Pero siempre contó con otra gran amiga, que vivía en su misma colonia y por las tardes pasaba a visitarla a su casa después de ir a trabajar, porque eran vecinas y coincidían en puntos de vista y educación familiar, su amiga al contrario de otras chicas, fue siempre sincera y educada con principios y costumbres tradicionales semejantes a los suyos, muy bonita, rubia, delgadita, de hermosos sentimientos, pequeña nariz recta y linda sonrisa de labios finos, simpática y sencilla; platicaban temas profundos e interesantes, inolvidable la frase que le enseñó al respecto de ciertas situaciones <Si lloras por haber perdido el Sol, tus lágrimas no te permitirán ver las estrellas>, por las rejillas de las persianas solían mirar a los chicos de la colonia y se emocionaban, reían a carcajada por cualquier cosa, sin embargo, su amiga había ingresado un año antes que ella a la preparatoria y formó un agradable grupo de amigas, en una o dos ocasiones experimentó hacer la pinta, para asistir a clases de la preparatoria de gobierno, en lugar de ir al Colegio tan caro y de gran prestigio que con tantos esfuerzos pagaban sus padres; su amiga tenía novio formal y pronto contrajo matrimonio, se fue a vivir a provincia, muchísimos años después se reencontraron.

CAPÍTULO TRES

Esas fueron algunas de las principales causas por las que cada fin de semana, en lugar de ir a las fiestas que el Colegio organizaba, prefirió unirse a tía Rita para ir en ferrocarril a Dos Ríos, la llegada a la estación del pueblo era todo un espectáculo, paraba forzosamente para recargar agua y combustible, subían y bajaban pasajeros, el tren silbaba de tan fuerte que la gente de los pueblos vecinos se asomaba por las ventanas y puertas de las casitas para ver quién llegaba a la hora del atardecer.

Las chicas bajaban de prisa, con gran algarabío, entre chillidos ensordecedores del roce del metal de los rieles con las ruedas, olores mesclados de petróleo y aceite, no existía andén como tal, era solamente una larga y bien delimitada plataforma de terracería a un lado del transporte, hacia lo lejos se podía ver caer el gran chorro de agua desde del tanque de la estación que alimentaba a la máquina, siempre le gustó ver cómo surgían enormes nubes de vapor por chimenea del Tren, pero al parecer esos detalles únicamente le llamaron la atención a ella, las demás chicas iban a divertirse y muy poco les importaban la vista de los amaneceres, los verdes paisajes, bosques e inmensas planicies, pastizales, lunas llenas y montañas, que para ella fueron vivencias silenciosas de comunión con la naturaleza.

El ferrocarril era tan grande que le parecía un monstruo, llevaba vagones de carga con ganado, vigas de madera y diversas maquinarias, además de los vagones pulman, los de pasajeros de primera, segunda y tercera clase, éstos últimos atiborrados de gente que compraba comida por las ventanas: tacos de barbacoa y carnitas de cerdo, pan de pulque y natas, cajitas de madera rellenas de cajeta envueltas en papeles de colores, que le encantaban a tía Rita, refrescos en botellas de vidrio, tunas sin cascara, elotes dorados, tacos de tortilla azul hechas a mano y rellenas de con aguacate, picante y nopalitos.

Hasta atrás del tren se distinguían los coches pulman, porque allí a nadie le interesaba disfrutar de tan interesantes costumbres populares, que llenaban los sentidos de colores, aromas y sabores de los alimentos elaborados por manos morenas que vendían sus productos envueltos en papel de estraza, los conservaban calientes en canastos de canutillos, cubiertos con mantelitos blancos bordados a mano de con mil dibujos a punto de cruz, sobre todo de flores y de colores llamativos, era un ir y venir de pasajeros y personas oriundas del pueblo y la estación, vendedores que alargaban sus brazos para alcanzar, por las ventanillas, las manos de los compradores e intercambiar comestibles por unas cuantas monedas, y continuar el largo viaje.

Para llegar a la casa de las tías había una pendiente de tierra, o lodo en temporada de lluvias, después había que atravesar una incipiente carretera de terracería, subían corriendo por las escaleras de la casa que tenía una bardita de piedra en lugar de barandal, desde donde se podía contemplar todo el pueblo, atravesaban un enorme patio en el que abundaban árboles frutales que contrastaban con el eterno y enorme pino del rincón, era única la entrada a la casona, la ventana de la cocina siempre rodeada de hermosas y floridas buganvilias rojas, que también cubrían el techo y la pared del corredor hacia las recámaras, con puertas de dos hojas de madera antigua que se cerraban con aldabas y candados de metal, medio oxidados por la humedad de la lluvia y el frío que eran parte del contexto.

Las tías esperaban en la cocina, donde le habían contado que por las noches se aparecían los fantasmas, las chicas después de dejar sus cosas en las recámaras iban a saludarlas, una por una, con el gran respeto y cariño que inspiraban sus dulces rostros morenos de mejillas coloradas como manzanas; más por el frío que por el sol, siempre las recibían con sus típicas y amplias sonrisas, de labios finos y hermosos dientes blancos como la leche.

Esa cocina era el punto de reunión de la familia y amistades e invariablemente tenían un plato de comida, para cualquier persona que llegaba, sin importar si eran fuereños o conocidos; arroz rojo preparado en cazuela de barro, al igual que las sopas de fideo o estrellitas, hechas con jitomate y verduritas, independientemente de las delicias que cocinaba su madre, jamás probó sopas iguales, tortillas calentitas de maíz azul elaboradas a mano y cocidas en comal, tacos de la más deliciosa barbacoa con pápalo quelite y salsa borracha elaborada con pulque, para finalizar los ricos postres de frutas de los mismísimos árboles del huerto de la casa.

La barbacoa de cordero que elaboraba el tío Trinidad es famosa en esos rumbos por su receta especial, heredada de generación en generación y desconocida aún hoy día, sabores y olores inolvidables que hacían de ese espacio el sitio favorito de reunión, donde conoció a todos sus familiares del pueblo y hasta le mostraron fotografías antiguas, color sepia, de sus bisabuelos.

Después de la comida, lo más importante era hacer notar que habían llegado al pueblo; aunque una vez bajando del tren, se corría la voz en todo Dos Ríos y Huixquilucan que ya estaban allí la Tía Rita y su sobrina, llamaban la atención porque era la época en que los hippies abundaban en la ciudad, así como las minifaldas, pantalones de campana, cabello largo y lacio, zapatos de plataforma y tacones altos de punta; poco común en el Dos Ríos, pero era la moda que ellas usaban.

Había un espejo en el uno de los pasillos, desde donde se podía ver la estación del tren, las chicas hacían fila en ese corredor para maquillarse y peinarse, pero lo que en realidad les importaba era ver a los jóvenes del pueblo, quienes poco a poco aparecían caminando por las vías y el andén recién bañados, ropas nuevas o limpias y bien planchadas, camisas de manga corta a pesar del frio y botas de cuero; Rafael era el guapo, bajito y blanco, nariz respingada y cabello obscuro, el güero Eduardo que estudiaba ingeniería, José Antonio rubio de ojos verdes y el dueño del Rancho, Lalo el más moreno y muy alto, Ricardo y René los hijos de la tía Lála, el militar Toñín, e invariablemente Celedonio, el vecino más comunicativo del pueblo.

Cada una de ellas miraba de reojo al que la atraía o avisaba a la chica que tenía algún interés en el primero que salía a recorrer la estación y hacerse ver, aunque más tarde llegaban uno a uno a visitar a tía Rita y a la familia; porque sabían que desde días antes las tías habían limpiado y arreglado la sala, acomodando los muebles y sillones pegados a las paredes, los colocaban alrededor de a la habitación, decoraban lo más parecido a una pista de baile, así cuando los muchachos llegaban Rita inmediatamente colocaba en el enorme tocadiscos música bailable, principalmente danzones de la Banda de Acerina, música tropical, mambos de Pérez Prado, boleros, chachá, rock and roll en inglés y español, aún recuerda el Rock del Angelito interpretado por Johnny Laboriel, sobresalían los Beatles y Rolling Stones.

Nadie tomaba alcohol, las tías únicamente ofrecían refrescos y aguas frescas, el ambiente era sano y el lugar rebosaba de muchachada, alegría, risas, voces y roce del sonido de los zapatos tallando el antiguo piso, forrado con amplias duelas de madera; sin embargo Rita seguía esperando sentada en la bardita, mirando insistentemente hacia la carreterita con inquietud, Rin, como la llamaban de cariño, no sonreía bien a bien hasta que se presentaban los muchachos de Huixquilucan, con los que había estudiado la secundaria: Lalo apodado el chupa-dedo, porque de niño tenía esa costumbre, Chago del que nunca supo el nombre real, era el más guapo e hijo del dueño de casi todas las minas de arena en los alrededores, Federico el dueño de todas las tiendas de abarrotes de los pueblos aledaños, los hermanos Fuetes rubios de ojos verdes o azules y una interminable lista de jóvenes en modernos autos, camionetas y hasta en caballos, era notorio que estaban recién bañados, perfumados y se creían superiores a los chicos de Dos Ríos, porque sus padres eran sumamente acaudalados, eran los Juniors de allá, pero ella igual bailaba con Lalo Chupa-dedo, Chago, Rafael, Celedonio o Reynaldo, casi veinte años mayor que ella, era el dueño de la pequeña y rudimentaria gasolinera de la zona.

Cada jovencita tenían su pareja e implícitamente la suya era Lalo el dueño de los caballos, ojos picaros tornasol, entre verdosos y color miel, amplia sonrisa y un gran bailador, un joven de buenos sentimientos, sin embargo le faltaba algo de carácter y su manera de pensar era totalmente machista, por lo que no le llamó la atención para novio, nunca llegaron a más que una simple amistad, a pesar de saber perfectamente que a él sí que le encantaba la españolita, llego a sentir cierto agrado en su compañía, por eso no permitía que las otras chicas se le acercaran.

Además de los caballos, minas y camiones de carga, Lalo usaba una camioneta roja para llevar a todas al faro del Parque Nacional de la Marquesa, era el consentido de Tía Rita, quien siempre le daba gusto, lo que complacía a la familia.

Los bailes empezaban a media tarde, terminaban después de las dos o tres de la mañana y se divertían a cual más, había cierto reto entre las chicas para ver quién era la que mejor bailaba, sin embargo desde niña tuvo buen ritmo, por lo que siempre destacaba, incluso en las fiestas del Colegio uno de sus compañeros llegó a decirle <¡Es que bailas como NADIE!>.

Al terminaban las "tardeadas" los jóvenes se despedían y aparentemente se retiraban a casa, mientras ellas corrían a dormir empinándose en las camas que compartían hasta de tres en tres, para platicar secretamente sobre los acontecimientos de la fiesta, todas se desmaquillaban y vestían en pijama hasta usaban rulos para del peinado del día siguiente.

Pero ella tenía su propia estrategia, hacia el truco de ponerse el pijama encima de la ropa, se maquillaba y peinaba aún más, porque sabía que después de un rato regresarían los muchachos de Huixquilucan, principalmente Lalo, para llevarles serenata, con su propia guitarra, gracias a ese truco era la primera en salir de la recámara bien vestida y maquillada, ganaba tiempo para elegir su pareja y disfrutar de las canciones que más le gustaban, mientras las otras chicas desaliñadas se apresuraban para vestirse, arreglarse y salir a ver a los jóvenes.

CAPÍTULO CUATRO

Entre los muchachos de Dos Ríos había uno en especial que le gustaba mucho, la atraía más que ninguno, era el hermano menor de Rafael, aunque fue novia de Rafael por unos días, el hermano le parecía más guapo y atractivo; además de apuesto intuía en él algo muy especial, un ser de lindo carácter, sensible y agradable.

El misterioso joven le interesaba además porque jamás participaba en fiestas, bailes o lunadas, se mantenía muy al margen de las reuniones, solitario y retraído, menor que ella dos años, delgado, alto, de tez blanca, ojos negros y mirada profunda, pecoso, nariz respingada, cabello castaño, siempre vestía de camisas de colores claros y manga corta.

A menudo lo veía, por las tardes, cerca de la tienda de abarrotes conversando con su prima Lolis, que también vivía en Dos Ríos, se parecía a ella en términos generales: estatura, cabello largo y lacio, nariz larga y pronunciada, pero principalmente en la voz.

Las casualidades no existen y lo que deseas intensamente, sin saber cómo llega, siempre llega y no importando si no es a su debido tiempo, los anhelos intensos se encuentran por sí mismos y así fue.

Cautelosamente durante las fiestas ella solía salirse al patio de la casona para ver el paisaje, con esa sensación de inquietud de que algo maravilloso aparecería alguna noche, en horizonte entre de las montañas que podía admirar desde el huerto de la casona.

Ensimismada, admiraba el paisaje hasta que amanecía, se despejaba el cielo y lograba ver la luz del día, una noche de cielo despejado azul profundo impregnado de estrellas, se encontraba en la obscuridad de pie junto al árbol de duraznos completamente sola, de espaldas a la iluminación de la casona, únicamente su silueta era visible entre los árboles frutales, de repente casi como una aparición, entró al patio de la casona un joven, precisamente por el horizonte entre las montañas; en ese momento él la confundió y la llamó por el nombre de su prima Lolis, ella lo reconoció al instante era el hermano menor de Rafael, a propósito no le quiso aclarar que se trataba de ella y no de su prima, le respondió de igual manera que su prima para que el joven pensara que ella era a quien buscaba; a final de cuentas era la anhelada y gran oportunidad de conocer al muchacho más enigmático, misterioso e indescifrable de la localidad.

Fluyó de inmediato una agradable plática entre ellos, conversaron durante horas, desde esa noche supo el porqué siempre había intuido y le parecía que ese chico era alguien especial, resultó sumamente interesante y sensible, además muy guapo; fue entendiéndolo poco a poco, y supo por él mismo los motivos por los que se alejaba de las fiestas cuando le comentó lo qué le gustaba hacer por noches: se alejaba e iba al campo para reflexionar, observar las luciérnagas, y se trepaba en un árbol preguntándose <qué sentido tenían la vida y la muerte> En silencio esperaba durante horas la respuesta, y durante el día y la tarde cultivaba hortalizas mientras meditaba tratando de interpretar lo que difícilmente conseguía vislumbras de su interior.

Desde la primera noche filosofaron sobre temas profundos y extraños para su edad; cuando ella se sentó en la bardita con la luz de frente, él se desconcertó, tímido, antisocial, entre avergonzado y temeroso se dio cuenta de que no era la Lolis que él pensaba, pero ya era demasiado tarde para la retirada, nunca imaginó que esa chica fuera la otra Lolita, la otra sobrina de tía Rin que pertenecía al grupo de jovencitas que venían de la ciudad, la que más le gustaba, y de quien se cuidaba que no lo vieran cuando desde lejos la observaba.

Algo mágico sucedió entre ambos, desde entonces, se dio una linda, cautivadora y larga conversación, ella llegó a sentir y pensar que se complementaban inimaginablemente; allí sentados en la bardita, continuaron juntos toda la noche hasta el amanecer, no se inmutó a pesar de los múltiples llamados de las primas y las tías para que regresara a bailar, la fiesta terminó y ambos seguían charlando sobre lo que muchos años después recordaría como si hubiese sucedido la noche anterior.

En las siguientes ocasiones que visitó Dos Ríos se convirtieron en una pareja inseparable, nada ni nadie era más importante para ella, cualquier pretexto era suficiente para buscarse, ella abandonó las fiestas y bailes por las conversaciones con él, sentados en la bardita, en el porche de la casa vecina, o en sus paseos por el campo de futbol.

Pero conforme pasaban los meses y aunque la relación entra la familia de Lolita y la de Alán era muy amistosa, sin disimulo las tías los vigilaban y provocaban constantes interrupciones entre ambos y su cercanía, siempre enviaban a Carmelita para que supervisara y comprobar que no se tomaran ni de la mano; o la llevaban a bailes en otros poblados con los chicos de Huixquilucan.

Su relación se volvía más intensa cada fin de semana, siempre a la vista de todos sin malas intenciones, únicamente conversaban, paseaban en grupo y tomaban fotografías, cortaban flores para después enviárselas entre sí por carta o se refrescaban bebiendo aguas de sabores en el portal de la antigua casa de los padres de Alán.

Pocas veces se atrevieron a abrazarse y besarse apartadamente, la primera en el porche de una casa abandonada, pero como siempre, un chico los interrumpió, claro que era un enviado de las tías, para ella fue tan solo un instante pero suficiente para ver una lluvia de estrellas, pensó "hoy puedo desaparecer, después de este beso y ver correr las estrellas", no se imaginaba lo que les deparaba el destino, después de éso, pasaron semanas que les parecieron tan solo instantes.

Un domingo buscaron la oportunidad de salir solos, mientras el pueblo entero observaba, caminaron por las vías del tren, tomados de las manos, se internaron en el bosque por la vereda hasta que llegaron a la Piedra de la Luna, una enorme roca redonda, apoyada en pequeños pedruscos, la escalaron y desde allí observaron los árboles, infinidad de tonos verdes, vegetación cálida, a la vez fresca, húmeda, y especial, cuando se paró en el pico de la roca sitió la misma e indescriptible plenitud y paz que le inundaba siempre que estaban juntos, allí se abrazaron y dieron un maravilloso beso, ambos tenían el mismo sentimiento y ambos se respetaban, era el momento del atardecer y de la nada surgieron, revoloteando a su alrededor, miles de luciérnagas que iluminaron ese rincón y sus corazones.

No querían regresar al pueblo, sin embargo era tarde y los invadió una sensación de incertidumbre; durante el camino él le contó que el sonido del tren cuando despejaba el vapor por la chimenea, le recordaba la cafetera de su abuela, porque cuando hervía el chocolate hacía el mismo ruido, eso lo transportaba a la época de su infancia, porque por las tardes de muchísimo frío, la abuelita le servía chocolate caliente con pan de dulce.

Al volver a la casa el destino de su relación ya estaba escrito, las tías, primas y amigas paradas en la bardita, los esperaban ansiosas, con expresiones y miradas inquisitivas, temían que sucediera algo más que un respetuoso noviazgo de jovencitos, ¿ tal vez un romance apasionado? <¿Qué cuentas les entregarían a sus primos?> padres de Lolita.

Para las tías era a Lalo chupa-dedo, el más galante y rico joven de Huixquilucan a quien debería corresponder, ¿Pero a Alán?, ¡Alán no! su familia era muy pobre y además corrían rumores que ambos jóvenes desconocían, suficientes razones para no volver a invitarla, al igual que a su amiga Carmelita, quien era pretendida por José Antonio, hijo del dueño del único rancho de Dos Ríos, ese misma noche las enviaron de regreso a la Ciudad de México, en el momento que las chicas subieron al ferrocarril de las ocho y media, ella sintió que se le desgarraba el corazón, intuía que aquella era una gran separación que era la última vez que recorrería esos bosques con su gran amor

y no volvería a ver a su Alán, se convertiría en una
ilusión sin retorno y su vida sería triste y solitaria, muy
solitaria; mientras tanto él corría tras el tren y estiraba
el brazo como tratando de alcanzarla, le lanzaba besos
con la mano derecha, ella soltó en llanto pero las tías
desaprobaron sus lágrimas y enérgicamente le dijeron
que no lo hiciera; mientras tanto el tren se retiraba
más y más, en esos momentos el encanto se rompió,
irremediablemente la alejaban de su lugar favorito,
de su amor, de su Alán, el viaje de regreso le pareció
interminable, su mirada fija en ventanilla melancólica
y triste, lloró por dentro, durante el camino únicamente
podo ver luciérnagas a través de la ventana, ése fue el
último tren que tomó para ir como tantas otras veces al
pueblo en el que vivió gran parte de su adolescencia.

Sin embargo, poco tiempo después que dejaron
de invitarla a la casona, muchos sábado o domingo
se escabullía con Carmen para ir a ver a Alán hasta
Dos Ríos, pero antes de ir a la estación de autobuses
foráneos, se detenían a comprar con sus ahorros
enormes panes rellenos de queso, chorizo y jamón
serrano, cerca de su casa estaba la Panadería
Nápoles, en la esquina de Pensilvania y Avenida
San Antonio, para llevarlos como detalles a su Alán,
deseosa de alagarlo y transmitirle lo mucho que lo
extrañaba, nunca quiso darse cuenta de la extraña
actitud y mirada de él al observar sus obsequios.

Se veían a escondidas en un portal medio
abandonado, lejos del alcance de la vista de las

celosas tías, Carmelita le ayudaba conversando a Celedonio, pero pronto la gente del pueblo se enteró, de suerte que se vieron obligadas a abandona sus escapatorias y no tuvieron más remedio que comunicarse por carta, después por medio de simples llamadas telefónicas que con el tiempo se convirtieron en un prolongado silencio.

Poco antes Lolita había empezado a estudiar la carrera de Sociología en la Escuela de Ciencias Políticas y Sociales de la Universidad Autónoma de México, quería saber por qué la gente actuaba de diferente manera, por ejemplo en Europa, su preparatoria, la colonia, o el pueblo de Dos Ríos, hasta en su hogar se percataba de conductas incompresibles.

Alán la llamó por teléfono muy pocas ocasiones, prácticamente en la última llamada le dijo que "tenía mucho miedo a lo desconocido", porque la radio, televisión y los diarios anunciaban la aparición y acercamiento al planeta tierra del cometa Halley, a ella le pareció absurdo su temor, se creía una mujer más madura porque había leído mucho, al menos eso pensaba ella y le respondió <Es un simplemente un cometa Alán, te aseguro que no pasará nada> Sin saber que la Piedra de la Luna tan amada por ambos realmente es un trozo de un cometa, que se desprendió y cayó cerca de Dos Ríos, tiempo después ella pensó que sin querer con esa expresión había dado fin a su relación, tanto por a la falta de tacto al responderle de esa manera, así como la lucha familiar para que ella buscara otros horizontes, amorosos y de estudios, porque a nadie le agradaba la carrera que eligió ni el chico del que estaba enamorada.

En la facultad conoció a Rosa María, con su ejemplo aprendió a estudiar realmente, su amiga era perfecta en calificaciones, con el tiempo conoció a muchas personas cultas e inteligentes, se convirtió en una chica brillante pero rebelde, difería en ideología y actitudes de su familia, quienes lograron siempre mejor posición económica y social.

Fue en los años los setentas que entró a la Universidad Pública, estaban en pleno apogeo de las teorías socialistas de Marx, Engels, Lenin y Trotsky, entre muchos otros, autores de libros que devoró con singular afán y terminó estudiando y participando con un profesor comprometido y de amplio criterio, pionero en la crítica de la sociedad mexicana, Francisco Gómez Jara.

Los fines de semana sus padres se iban a su recién adquirida casa en Cuernavaca, mientras ella se quedaba sola en la ciudad a estudiar, su hermano menor al igual que el mayor se habían casado un año antes, a ella le gustaba la recámara que tenía de soltero el hermano mayor, era amplia con una enorme vista hacia el jardín exterior, allí estudiaba y mecanografiaba los trabajos para la facultad; en época de lluvias inconscientemente pasaba las horas mirando por el enorme ventanal las florecillas silvestres, el verdor del pasto y las flores de las buganvilias, que le provocaban melancólica sensación de añoranza, brotaba de lo más profundo de su corazón una especie de evocación.

Pero en mala hora, conoció a dos estudiantes de otra facultad en el taller de Sociología Urbana, ella, y sus compañeras de carrera Gaby y Rosalinda, los invitaron a formar parte del equipo para trabajo de campo, porque era en un cerro alejado y peligroso, pero apareció un tercer hombre, de cabello largo y obscuro como obscura era su mirada, le dio miedo por su desagradable y fea personalidad y de físico nada agraciado.

Después de que sus dos hermanos se había casado y en tan solo un año, su hermano favorito el de en medio, se unió en matrimonio con una muchacha casi de la misma edad que Lolita, pero rubia y muy bonita; para entonces sus padres viajaban mucho y ella se quedaba sola en casa con el servicio, por las tardes solía deambular por la Colonia Del Valle, en su primer auto un compacto sedán, le encantaba pasar cerca de los arboles cuando llovía, porque eso la hacía sentir y vibrar percibía cierta esencia que la llenaba de paz y se sentía acompañada.

Nunca estuvo segura de haber hecho lo correcto, cuando aceptó ser novia del hombre que la sedujo, el hombre que le había parecido un espécimen salido de la oscuridad, era un fósil de la Universidad Nacional Autónoma de México, era el mismo que la asustó la primera vez que lo vio, aunque trató mil veces de evadirlo, las mañas y estrategias del hombre sobrepasaron la poca experiencia de Lolita, con toda la intensión de casarse con ella únicamente por interés económico, la fue convenciendo con gran elocuencia sobre lo que debería ser su noviazgo, ideas muy diferentes a las que le habían enseñado su padres.

El hombre provenía de una familia disfuncional, humilde y totalmente deformada, fueron novios casi tres años, siempre la engañó mostrándose ante ella de lo más hipócrita, porque en realidad era un hombre sin sentimientos, ni principios, lo único que le importaba era el dinero, como él siempre la veía sola en una enorme casa, sus padres viajando, únicamente acompañada por tres personas del servicio, su propio auto, y tres hermanos ya casados muy bien acomodados, y ella era la menor y única hija, el hombre aprovecho que siempre estaba sola en su casa, atractiva e ingenua; no se tocó el corazón para disuadirla hasta convencerla, que sus padres y hermanos no la querían, a tal grado que logró contraponerla hacia ellos, principalmente hacia su madre.

Sin el menor esfuerzo le mentía y la engañaba, su única cualidad, si se puede llamar así, fue dar la apariencia de que la amaba, usó una de sus tantas y bien experimentadas máscaras, bien se cuidó el de que ella no se diera cuenta que era un farsante, manipulador y explotador de las mujeres de su familia, un hombre ocho años mayor, de colmillo retorcido y bien decían sus conocidos que "al caminar hacia surcos en el suelo", aparentaba un grado intelectual que la deslumbró, ella terminó por aceptarlo; ese hombre la separó de sus verdaderas amistades y la introdujo al grupo de sus amigos, políticos universitarios, algunos lo criticaban de "Ser un lumpen o hacer lumpenadas" porque se autocalificaban de izquierda pero era un arrogante y trepador, siempre en asambleas estudiantiles, era lo que en México se llama "fósil de la universidad", es decir, un "seudo-estudiante" que únicamente perdía el tiempo en politiquería y conquistas, no se dedicaba a estudiar, no le importaba ni intentaba titularse.

Como ella siempre hablaba del su pueblo Dos Ríos, un domingo fueron en el auto de aquel hombre por la antigua carretera ya asfaltada, pero al llegar a Dos Ríos no cayó en cuenta de que las ilusiones que se había formado del supuesto intelectual, eran recuerdos inconscientes que aún tenía del gran amor que sintió hacia Alán, le mostró al grupo de amigos el camino hasta a la Piedra de la Luna, al llegar inmediatamente ella corrió y subió a la parte más alta del meteoro, por un momento gozó de la esencia de las copas de los árboles que le producían seguridad, calma y armonía interna, deseaba convertirse en alguno de esos frondosos y grandes árboles, de repente volvió a escuchar en su mente el misterioso e incognito llamado dulce, sutil, tierno que cada noche recibía antes de conciliar el sueño: "Mi Lolita, mi Lolita, mi Lolita"... Pero el novio la interrumpió abruptamente, y la apremió para que se uniera a las mujeres e hicieran una fogata para preparar carnes asadas, mientras él y sus amigos tomaban ron con refrescos de cola y cervezas, muy cómodamente echados sobre la Piedra de la Luna, al rayo del sol, así permanecieron, tomando alcohol y comiendo las carnes asadas que las mujeres preparaban, durante la mañana y la tarde.

De regreso por la noche al pasar cerca de la casa de las tías se topó con la mirada de Alán, convertido en todo un hombre, recién bañado y arreglado, parado en el portal de la casa al pie de la nueva carretera, señal de que se había enterado de su visita al pueblo y estaba esperando para verla; sorprendida quedo paralizada, desconcertada no supo qué hacer, su primer impulso fue bajar del auto abrazarlo, besarlo y hablar con él, pero por la presencia y presión del novio se vio obligada a voltear para otra parte y no miró más hacia atrás; en silencio, cabizbaja y muy triste se preguntaba durante todo camino de regreso a la Ciudad, ¿Qué había sentido o pensado Alán al verla con ése hombre? Le pareció que era otro Alán al que para entonces veía muy lejano, no supo si debía volver a buscarlo, pero días después creyendo que era tarde para retomar la relación no se atrevió a regresar.

Para decepción de sus padres y hermanos, quienes prácticamente la desterraron de la familia, no supo, ni cuenta se dio en qué momento ya estaba casada con el hombre, el eterno fósil, le dijo que trabajaba en el Centro de Lenguas Extrajeras de la UNAM y tan solo recibía de salario unos cuantos pesos, decía tener un salario menor al de ella desde antes de que se casaran, por lo que se vio obligada y en la necesidad de trabajar y estudiar para no interrumpir sus buenas calificaciones y objetivo de titularse para después hacer una maestría en el extranjero, pero su gozo se fue al pozo, ella empezó a buscar un empleo mejor pagado en la Universidad Nacional Autónoma de México, construida en un terreno de seis millones de metros cuadrados al sur de la Ciudad con muchísimos edificios y obras de arte como los relieves de Juan O 'Gorman en los muros bajos de la Biblioteca Central.

el mural inconcluso de Diego Rivera en el Estadio Olímpico, y los grandes murales en diversas técnicas, de David Alfaro Siqueiros en el edificio de la Rectoría, de José Chávez Morado en el auditorio de la Facultad de Ciencias, de Francisco Eppens en los muros de las facultades de Odontología y Medicina, y por supuesto en la monumental ornamentación a base de piedra natural, del mismo O 'Gorman, en la Biblioteca Central, la Universidad cuenta con enormes jardines, estacionamientos, cafeterías, centro de salud, auditorios, es una de las edificaciones universitarias más grandes del mundo, se encuentran en la zona sur de la Ciudad de México, construida sobre piedras volcánicas.

Otra vez trabajaba y estudiaba, intentaba ser ama de casa y buena esposa, sin embargo el hombre además de ser machista la explotaba económicamente, no le proporcionaba reconocimiento alguno, todo lo contrario, la manipulaba y chantajeaba para que convenciera a sus padres que les dieran dinero y compraran una casa, pero como ella nunca quiso, él dejó de lado su falsa personalidad y como estaba tan dañado y resentido desde niño por su ambiente familiar y social, la despedazó emocional y psicológicamente, intentó sin lograrlo quebrantar su identidad, la hacía sentir tan poca cosa, padeció la más tremenda falta de cariño, diariamente la engañaba con otras mujeres, además le escondía los aumentos de sueldo que iba consiguiendo, muchísimos años después ella encontró documentos oficiales de la universidad que demostraban que el hombre recibía un salario tres veces mayor al de ella, también le decía que iba a trabajar por las tardes y en realidad se dedicaba a conquistas y mujeres; en alguna ocasión Lolita trató de buscar apoyo en un antiguo pretendiente abogado y en su hermano mayor para divorciarse, pero su hermano no comprendió y tan sólo le dijo:

"¿Tu marido ya gana buen dinero, entonces cuál es tu problema? Lo que deberías de hacer es enviar muchas solicitudes de trabajo", al escucharlo prefirió guardar silencio y se retiró.

Sentía tal impotencia que todas las tardes lloraba a solas, en su departamento o en la oficina, siempre que llovía o estaba nublado la embargaba un terrible estado de ánimo de impotencia, y terminó por aceptar que había cometido un garrafal error al haberse casado con ese individuo, era tal su tristeza se podía notar en su expresión reflejada en la enorme cristalería de su oficina, aunque el paisaje era hermoso con grandes árboles y vegetación, en otra ocasione le provocaban tranquilidad, en esos momentos le producía aún más dolor, curiosamente ahí también nacían flores silvestres, en esos momentos de melancolía se inspiraba y dejaba de lado el trabajo estadístico, y con aflicción lo único que le nacía era dibujar, a lápiz en tarjetas de cartoncillo blanco, en las que surgían por sí mismas como si tuvieran vida propia, líneas que formaban árboles, no era casualidad que esos dibujos resultaban solitarios, esa fue una de las muchas expresiones del desamor que vivió con su marido por muchos años.

CAPÍTULO CINCO

Finalmente se cansó de luchar para salvar un imposible, su matrimonio, ella era la única que lo intentaba, al paso de los años terminó sumamente agotada psíquica y emocionalmente, esa unión concluyó en divorció, de común acuerdo, pero claro le costó que el hombre se quedara con el departamento, todos los muebles, enseres domésticos y demás, que entre paréntesis, ella misma había comprado, sin embargo le resultó barato pagar su gran error, solamente así consiguió liberarse del más nefasto tormento que había vivido hasta entonces, únicamente rescató algo de ropa, unos cuantos recuerdos, y objetos antiguos de origen familiar.

Regresó a vivir con sus padres, ya no era la casa enorme de su soltería, sino un departamento cómodo y muy bonito, en una zona colonial del sur de la ciudad Coyoacán, años después su padre falleció de cáncer, eso le rompió aún más el corazón y la marco con crisis emocionales, sociales y existenciales.

Aún padecía depresiones y extrañaba el cariño de su padre, sin embargo con muy poco ánimo un domingo impulsada por su madre fueron a un banquete al pueblo Santa Cruz, era el aniversario de bodas de su prima Eulalia la hija de una de las tías del pueblo, para llegar a Santa Cruz había que pasar por Dos ríos y visitar a las tías Jóse, Lidia, Pelancho y María Luisa, por supuesto al tío Trinidad que aún vivían en la antigua casa, irremediablemente evocó aquellos tiempos en que vivió la mayor ilusión de su juventud, como una luz en la obscuridad vio a su Alán conversando con un hombre mayor, antes de llegar a la casa de las tías, en el balcón de un vecino; se atrevió a saludarlo desde el auto, él con amplia sonrisa y mucho gusto correspondió al saludo; al momento de estar frente a la entrada de la casa de sus tías se bajó del automóvil y subió corriendo las escaleras de la casa que estaba igualita, con la misma bardita que tantos recuerdos le inspiraron, el huerto aún estaba el antiguo y enorme pino; a la primer que encontró fue a su tía Pelancho, parada en el patio de los árboles frutales, con voz entrecortada le dijo: "He visto a Alán tía ¿qué hago?", sin titubear la tía respondió "Ve a verlo" Pelancho conocía la historia y aflicciones de su sobrina, su atribulado matrimonio, divorcio y la gran pena que le causó la muerte de su padre, con la intención de ayudarla la abrazo y empujó hacia donde se podía encontrar con Alán, él la esperaba en el porche donde se vieron por última vez durante sus escapadas en secreto, vestía camisa de manga corta como siempre, pantalón de mezclilla; lo vio más alto y guapo, se encontró con un hombre muy gallardo, fortalecido y más seguro de sí mismo que antes, después de darse un fuerte abrazo intercambiaron teléfonos, acordaron buscarse, él trabajaba como Ingeniero en el Instituto Nacional de Petróleos Mexicanos y ella en el negocio de su hermano.

Para llegar a la comida de la prima Eulalia tuvieron que cruzar el bosque de la Piedra de la Luna, revivió cientos de sensaciones, recuerdos y experiencias, pero lo que más la impresionó fue que al entrar al festejo de la prima Eulalia, escucho claramente la canción "El día que me quieras" el tango tan conocido cantado por Carlos Gardel, cuyo autor fue Alfredo de la Pera, pero en esa ocasión interpretada por la famosa Guadalupe Pineda estilo bolero, al oír la frase <Y un rayo misterioso hará nido en mi pelo, luciérnaga curiosa que verá que eres mi consuelo>... de inmediato vino a su mente la imagen de Alán y ella besándose aquel atardecer bajo la Piedra de la Luna, y que aparecieron de la nada miles de luciérnagas rodeándolos, por eso le pidió a su sobrino Joaquín que le grabara la canción, pero el joven le regalo el disco.

Fragmento de la letra original de la canción "El día que me quieras" con créditos.

La noche que me quieras
Desde el azul del cielo,
Las estrellas celosas
Nos mirarán pasar.
Y un rayo misterioso
Hará nido en tu pelo,
Luciérnagas curiosas que verán
Que eres mi consuelo.

Fuente: musica.com

Carlos Gardel

Muy temprano, al día siguiente busco a su Alán por teléfono, le comentó sobre la canción; rápidamente hicieron una cita para desayunar y verse el siguiente fin de semana, en una cafetería frente a los Viveros de Coyoacán cuando llegó él la esperaba impaciente, en una mesa al aire libre en lugar que el mismo Alán le indicó, había algo especial y diferente a todos los restaurantes de la zona, un gran árbol incluido en la construcción, justo al lado de la mesa que él apartó, tenía el tronco pintado para hacerlo resaltar de las paredes, aún estaba vivo y exuberante con grandes ramas de hojas verdes que los cobijaban.

Platicaron por horas de su juventud, cómo habían transcurrido sus vidas, sobre qué pensaron y sintieron antes volver a verse inesperadamente, ella sin pensarlo ni saber si era o no el momento adecuado le pregunto ¿por qué se había alejado de ella? pero se sorprendió con la respuesta, Alán le confesó que armándose de valor una tarde fue a buscarla personalmente al domicilio que tenía de remitente en las cartas que se escribían de jóvenes, pero se asustó al ver su gran mansión, y tristemente pensó "¿qué podría yo ofrecerle?" siendo tan sencillo, modesto y pobre, creyó que su única opción que era alejarse de esa casa y de ella pensando sería para siempre, rápidamente ella le replicó "yo quería ser como tú, humilde, sencilla y pobre, no me hubiera importando abandonarlo todo por ti".

Alán bajó la mirada y la voz, apenado le dijo: "escribí tu nombre en todos los arboles del pueblo de Dos Ríos, hasta en los que van desde mi casa por las vías del tren, a lo largo y ancho de la vereda y el bosque, es más, le explicó, junto al río hay dos árboles unidos y grabados con nuestros nombres están a un lado de la Piedra de la Luna, desde ahí te he llamado con la mente, noche y día, despierto y en sueños, con la esperanza de que tú respondas a mi invocación de alguna manera, pero un otoño cayó un rayo en el árbol que tiene tu nombre y lo quemó me asusté mucho...

¿Qué hice yo para causarle tanto daño a tu árbol?, ¿Lolita qué pasó en tu vida? después los leñadores terminaron por cortarle las partes quemadas para mi asombro el árbol retoñó, revivió frondoso y más hermoso que antes ¿qué paso en mí para que eso sucediera? Al escucharlo ella sintió que una gran sacudida por dentro, en efecto, en ciertos momentos de su vida padeció episodios de terribles problemas, mismos que no pensaba contrale a nadie, ni siquiera a él, únicamente le dijo que se divorció y regresó a vivir con sus padres.

Conversaron desde la mañana hasta entrada la noche, empezaba una ligera lluvia cuando él abrió la cajuela de su auto y le mostró un peluche era una esferita blanca como de nieve con grandes ojos negros, nariz y boca rosadas, se lo regaló y le dijo firmemente pero sonriendo "para la próxima recuerda que soy yo", terminó el día con una fortísima tormenta, se despidieron con la promesa de volver a verse

Alán aún vivía en Dos Ríos, pero viajaba diariamente a la ciudad para trabajar en las oficinas del Instituto Nacional de Petróleos Mexicanos, desde ese reencuentro se repitieron las llamadas telefónicas, charlas inacabables y emotivas, hasta que un día él, armándose de valor, la invito a desayunar entre semana, ella se las ingenió para inventar pretextos de trabajo y tomarse el día, aún tiene presente la carita de alegría de su mensajero al decirle de la cita y que lo sustituiría en la cobranza, porque ella casi nunca salía de la oficina, ubicada en Avenida San Jerónimo, mucho menos con amigos o pretendiente alguno, Alán y ella estuvieron de acuerdo para encontrarse en la puerta principal del Estadio de Béisbol Delta en la colonia Narvarte; pero ella se confundió y se estacionó sobre la banqueta, Alán llegó caminando hasta el auto, lo esperaba con Incertidumbre, al verlo se puso tan nerviosa que no sabía si mirarlo directamente a los ojos o disimular, lo saludo de beso en la mejilla e invitó a subir.

Después dirigieron a un restaurante de comida típica mexicana, le pareció rarísimo el comportamiento mundano de él, notó que él estaba aparentando, inquieta y extrañada no sabía qué esperar de aquella cita, inmediatamente les dieron la mejor mesa cerca de los músicos.

Había idealizado tanto al muchacho que conoció en el pueblo, que no podía creer que fuera el mismo hombre que estaba sentado a su lado; de un joven tímido y sin mayores pretensiones, se comportaba como un gran conocedor, Alán pidió una canción para ella "Ojos Españoles" la misma canción de Hugo Avendaño, se sintió alagada pero a la vez muy extrañada al ver las maneras tan sofisticadas que él mostraba, con la desenvoltura y estilo clásicos de alguien que la quería impresionar.

Lolita únicamente pidió un jugo y desayunó algo que no recuerda, mientras tanto él le describía a grandes rasgos sus viajes a Houston, Tabasco, y a otras playas paradisiacas de México, donde solitario y melancólico se iba caminando y se recostaba al borde del mar, pensando, y llamándola con la mente, pero siempre se quedaba medio dormido, en sus sueños veía a un niño corriendo entre la arena y las olas del mar y aparecía a un hombre mayor envuelto en una túnica blanca que irradiaba luz y lo embriagaba una gran paz, amor y dulzura, el pequeño le preguntaba al hombre sobre la vida, éste le respondía cómo y qué debí a hacer, cuando despertaba de su ensoñación, se daba cuenta que ese niño era él mismo en su infancia, y el hombre de la túnica blanca había desaparecido.

De repente, guardó silencio y de su bolsillo tomó un sobre color naranja con dibujitos grabados y dirigido a él, al entregarle el sobre le dijo: "Esta carta es tuya, la escribiste para mí hace mucho tiempo, la he conservado hasta ahora y quiero devolvértela, quiero que la leas y me recuerdes siempre como yo lo he hecho contigo, al tal grado todos mis amigos y familiares saben del gran amor que te he profesado desde el día en que nos conocimos, pero tenía miedo que tú me hicieras algún daño como el día que te apareciste en el pueblo en un auto con otro hombre".

¡Habían transcurrido casi treinta años y Alán había conservados sus cartas de juventud intactas!

Cuando abrió el sobre brotaron decenas de florecitas silvestres disecadas, recordó la costumbre que tenían de cortarlas en el campo para enviárselas en cartas mutuamente, reconoció su letra que aún eran indefinidos garabatos, en la carta ella le decía "nunca cambiaré siempre seré la misma persona", rodaron lagrimas por sus mejillas, Alán la tomo suavemente la mano y en voz baja le pregunto ¿me acompañarías?, ¿A dónde? Dijo ella.

¡A ser felices por el resto de nuestras vidas!, respondió Alán.

Fue notoria su turbación, pero permaneció escuchando a Alán, se estremecían y respondían sensiblemente con una gran emoción por lo que siempre y desde siempre habían deseado, aún sin ser conscientes de ello.

Al salir del restaurante y volver a caminar juntos, en algunos momentos en la tomaba por la cintura, ella sentía nuevamente ese rubor interno y la manera en que su aletargado amor por él volvía a despertar.

CAPÍTULO SEIS

En menos de una hora llegaron a Dos Ríos, había llovido y se veía la bruma en el campo, no le extrañó que la tomara de la mano al caminar por las vías del antiguo tren, se internaron por la misma vereda de su juventud hacia el bosque...

Sintió aquel olvidado cosquilleo en la piel e interiormente, como premonición de algo maravilloso sucedería ese mismo día, caminaron hasta el río, él también estaba nervioso y con los sentimientos a flor de piel, le mostraba cada uno de los árboles donde había grabado su nombre, susurraba "¿Ahora me sí crees?, siempre he venido aquí a pensar en ti, te he llamado con la mente para que entres en éste universo que he creado para ambos, para mí es un lugar muy especial en que nos dimos aquel beso ¿recuerdas? Aquí he inventado que tú y yo volvemos a ser niños".

"Mi querida Lolita- le dijo al oído- la vida entera te he llamado con el pensamiento y hasta en mis sueños, como siempre, espero que me comprendas, porque contigo siempre surge un lenguaje emocional, lo que he deseado intensamente estar contigo aquí, bajo estos dos árboles grabados con tu nombre y el mío, entrelazados junto al río, cobijados por nuestra Piedra de la Luna que tantos recuerdos me han traído desde que te conocí, espero que para ti también sea un lugar muy especial, también fue aquí donde te decía cómo escuchar a los árboles, pero no con los oídos, tocarlos y abrazarlos, porque ellos tienen muchos años viendo pasar el tiempo y todo lo que me ha sucedido y mucho que decirte, ellos siguen inmutables ante la vida de los humanos, están vivos y son justos en esencia".

Lo sé, contestó ella, y abrazando los arboles grabados con sus nombres, quedó subyugada por la esencia, sabiduría y armonía que le transmitían: palabras jamás escuchadas, sensaciones e intensos llamados por su nombre, en efecto volvió a ser esa niña que ilusionada veía las copas de los árboles y deseaba fundirse en ellos, en voz baja le describió uno a uno los momentos y emociones de aquel beso y cuando las luciérnagas los rodearon e iluminaron.

"Me acuerdo y me maravilla que aún sientas y reconozcas esos instantes como si hubieran sucedido ayer" contestó él, hizo una tranquila pausa y avergonzado admitió: "La primera impresión que tuve al verte a ti y a todo el grupito de chicas que llegaban al pueblito para hacer fiestas, lunadas, paseos al Parque Nacional de la Marquesa o divertirse simplemente, y se quedaban a vivir los fines de semana en casa de tus tías, no fue sencilla, yo creía que eran demasiado superfluas, sumando los comentarios sobre otras jóvenes que llegaron posteriormente, cuando tú ya no venías, llegue a pensar que yo no te había importado nada o casi nada".

Apenado continuó hablando como para sí mismo, "Me apartaba del bullicio porque me atemorizaban y me iba a San Francisco para sembrar hortalizas, acarreando agua con mi burrito de nombre Marzo, reflexionaba, me gustaban observar las luciérnagas tanto como a ustedes, lindas todas, pero me intimidaban, nunca imaginé que una chica recién regresada, creo que de Europa me entendiera tan bien, desde la primera noche que conversamos nada ni nadie fue más importante que tú en pensamiento, recuerdos y en mi corazón", continuó diciendo "desde entonces yo buscaba mi espíritu" ella notó como se le iluminaban los ojos cuando eufórico casi gritó "¡Lo he encontrado!" unos lo llaman iluminación otros dicen que es un don de Dios, antes no sabía que no es un ser externo y hoy me doy cuenta y estoy convencido por mis experiencias que para mí es un estado del Ser, un estado de conciencia en comunión con el amor, pero no simplemente físico, sino el verdadero el que surge del interior, del corazón, del alma que es perfecta, somos almas que juntos formamos el universo y somos una pequeña parte de Dios, como almas estamos conectados con ese sentimiento de amor, por el cual la creación es tal y como es.

Y le explicó que por eso la había llevado allí, rogándole que aceptara sus humildes sentimientos sin miedo ni intenciones ocultas y firmemente le dijo:

"Mi queridísima Lolita nunca estás ni estarás sola". (nota: son palabras textuales Alán)

Le contó que siempre había tratado de transmitir a sus familiares y amigos esas emociones, esa búsqueda y los chispazos de entendimiento que iba logrando, él quería que captaran sus sentimientos e ideas, pero por lo general le decían "estás chiflado".

"Pero al conocerte, le dijo, sentí algo diferente en ti muy profundo y sincero y como dice El Principito del cuento de **Antoine de Saint-Exupéry** -"Ella sí me entiende"- por eso día y noche te he recordado inspirado en este paraíso que formé para ti y con sinceridad te entrego estas flores silvestres te las doy fusionadas a mi amor, también quiero darte algo que escribí y deseo lo conserves por siempre"

Y le entregó un papel escrito de con su puño y letra que dice:

"Tengo un regalo guardado.
Verde, como la luz de mí cuarto.
Suave, como tu mano en mi mano.
Alegre, como el verano pasado.
Amable, como el sabor de tu canto.
Tengo un recuerdo.
De ti, dulce como el color del trigo en el campo.
Grande, como una noche estrellada.
Húmedo, como caracol en el fondo del Río.
Triste, como mí espejo testigo de que te extraño.
Tengo un sentimiento verdadero.
Como tus ojos, luceros de la noche.
Tierno, como mí nombre en tu voz.
Intenso, como mi amor sin límite.
Eterno, como la flor de tu pecho.
Tengo un rincón quieto como este lugar bajo el árbol.
Nítido, como el llamado nocturno.

Es tuyo como es mío...
¡Es mi amor esperando!

Autor: María de los Dolores García Ayala.

CAPÍTULO SIETE

Empezaba a atardecer, una levísima bruma húmeda mojó su femenino y largo cabello, entonces Alán la cobijó con los brazos, volvieron a ver las estrellas fugaces de su juventud que bajaban a la tierra en la figura de miles de luciérnagas, para adornar aquel hermoso abrazo y amorosa unión que significaba tanto para ambos.

Se dieron permiso de amar y ser amados, envueltos en la nube de luz emitida por las lamparitas que volaban a su alrededor con tierna dulzura; para ella esa fue la experiencia más hermosa, sutil, sublime que jamás haya vivido, él entre sollozos la abrazaba fuertemente, pero con delicadeza, con voz entrecortada le repetía al oído "Mi Lolita, mi Lolita, mi Lolita".

Comenzó a hacer el frío, se arroparon en otro abrazo imitando aquellos dos árboles con sus nombres grabados que los veían en silencio y consideraban parte de su identidad, para ellos el tiempo no transcurrió, al despertar de su letargo, ella alcanzo a ver miles de lucecitas flotando, formando un remanso de tranquilidad, después de haber vivido tanto amor en ese pequeño rincón del mundo, donde las luciérnagas danzaban una danza etérea, inspiradas por el delirio de dos Seres maravillosos, unidos igual que sus árboles.

Miles de luciérnagas, estrellas de la tierra, fueron testigos de la consumación de sentimientos recíprocos e incomparables, nuevamente sin más explicaciones o palabras innecesarias, en esos momentos cúspide de sentimientos, fueron dos almas que se expandieron e internaron en el espíritu de la Piedra de la Luna, se convirtieron en polvo de estrellas y se transportaron por el universo hasta que al regresar iluminaron el bosque entero, se convirtieron en la arboleda y a través de sus ramas, hojas y entrañas, volaron de la mano formando una aurora boreal, rozaron las aguas del río con el más dulce aliento que sabía a promesas de eterno amor, tan esperado y deseado por ambos desde niños, desde siempre, desde antes de conocerse, en esos instantes se volvieron el milagro que invocó a las estrellas fugaces de su juventud, danzando al unísono, se abrían las flores silvestres, prodigiosamente brotaban capullos, el agua del río les murmuraba al oído palabras de ternura, brotaron girasoles lilas que emitían la más aromática sensualidad.

Una tenue aurora los envolvió en su calidez plácida, tierna y sin prisa, los latidos de ambos corazones se consumieron en uno, en el ambiente suave del cielo, desaparecían las estrellas fugaces, la madre tierra los rodeaban, él susurraba palabras de intenso amor, mientras el rocío aparecía en un ambiente más cálido y hermoso que el mismo sol naciente y los iluminó al iniciar el día, su piel era tan tersa como los rayos del astro rey que surgían dejando la noche atrás, su enlace traspasó todo límite entre realidad y ensoñación, se abrazaron nuevamente entre millones de lucecitas que invocaban sus nombres, estrellas de la tierra, testigos de un amor incomparable y recíproco, desde aquel momento muchos fueron sus encuentros...

CAPÍTULO OCHO

Un día al lavar la bolita blanca de peluche que él le regaló, se desbarato e hizo polvo, fue como un mal presagio y el inicio de una gran tristeza, nunca más volvió a escuchar el susurro de su nombre por las noches antes de dormir, como si hubiera perdido, sin saberlo, algo o alguien muy importante; sintió escalofrío y un dolor enorme en el corazón, cuando se enteró que su Alán había partido volando con sus luciérnagas que se lo llevaron, en un último viaje hacia el universo, Alán había tomado el último tren de la vida, solamente logró enviarle una señal, por medio del peluche que se desbarató en mismo día en que Alán falleció.

Se deprimió al grado de no querer saber si había soñado o vivido esos encuentros, como en la canción de Ariel Ramírez llamada Alfonsina y el mar "sintió morir de amor".

Aunque el amor es eterno la vida es frágil, y como dice Mario Benedetti "casi por regla, los amores imposibles suelen ser los más breves" el de ellos duró unos meses en ese rincón del bosque, pero toda una vida de madurez en que se supieron amados sin reservas y e invocados día y noche, con la certeza de que realmente fueron Seres muy especiales entre sí, niña- joven- mujer y niño- joven- hombre que tanto se amaron y nunca se decepcionaron por su honradez, identidad y congruencia como personas y espiritualmente.

Pero pocos meses después, sufrió otra pérdida, una pérdida irreparable y aún mayor, la más terrible de su vida, como nunca antes y afortunadamente logró abrir su corazón para transmitir el más puro y sincero amor a su madre, para ayudarla en su último suspiro, la mujer que le dio la vida, falleció a los noventa y dos años en tan solo un ciclo de nueve días, su mami expiró entre sus brazos, tal fue su dolor que durante meses y años no pudo dormir lloró a solas, se enfermó y encerró por largos periodos en su casa, en otras ocasiones pasaba días enteros durmiendo, aunque de madrugada despertaba y hablaba como su única confidente su almohada.

Cuánta aflicción padeció, si tan solo hubiera podido contar con Alán, cuando perdió a su madre, hacerle saber las grandes perdidas de su alma, y las terribles emociones que vivió a causa de la partida de su madre, pero una de tantas madrugadas de insomnio rompió el encanto y su solitario llanto, quiso liberarse y aprendió a sacar de sus entrañas las palabras e historias que nadie sabía, para no morir ahogada porque nunca las expresó; escribió sus más fuertes y profundos sentimientos, así como experiencias, conforme escribía por las madrugadas, se dio cuenta que esa historia, era su manera de escapar del dolor por el fallecimiento de su madre, los insomnios no eran gratuitos, eran producto del mismo proceso, en sus desvelos surgió esta historia, como evasión a la gran crisis y catarsis por la pérdida de su madre, el escribir sobre sus encuentros con Alán, su primera y más amorosa unión en aquel paraíso inventado por él, convertido en el glorioso e inmortal y refugio de sus recuerdos y entrevistas, aunado a la pérdida años antes de su confidente y querido amigo Jesús, consejero espiritual, de quien aprendió a reconocer sus responsabilidades y que Dios nunca nos abandona, "Él siempre está con nosotros, somos nosotros quienes nos alejamos" y después desesperados repetimos ¿Dios mío por qué me suceden estas cosas? sin darnos cuenta que la pregunta correcta debe ser ¿Para qué Dios mío, para qué? ¿Qué quieres que aprenda y recuerde ahora?, hablamos del perdón, cuando que no existe tal cosa, nada que perdonar, son vivencias y eventos qué comprender.

Después de un periodo que le pareció eterno, con mucho estudio y grandes esfuerzos paso de la desolación a soledad, estudió para a alcanzar su propio estado de conciencia sobre el significado de la vida y la muerte; desde que falleció su padre había decidido acercarse más a Dios, se preguntaba ¿Dónde estás papá? y cuestionaba si en el último instante de la existencia física de su padre, él se había arrepentido por no haber buscado más a Dios, fue cuando se abocó en sus tiempos libres a estudiar cuanta teoría existía respecto a la muerte, pensaba que si tan sólo lograba avanzar un milímetro hacia Dios habría valido la dicha y la pena su vida.

Pero al unir al dolor por la muerte del padre al duelo por el fallecimiento de su madre, se dedicó de tiempo completo y por meses a reflexionar y analizar su vida, profundizar en su propio Ser, en lo más recóndito de su subconsciente, hasta llegar a comprender el porqué de la aparición en su vida de sus terribles verdugos, comúnmente les llamamos verdugos o enemigos, a personas que nos han causado daño, pero que dicho sea de paso son nuestros mejores maestros en la vida, transcendió y alcanzó a comprender a ciencia cierta quienes fueron sus grandes amores, se miró en el espejo y reconoció su mayor error, la carencia de amor a sí misma sumando a la sabiduría de su queridísimo Jesús que la conoció y apoyo muchísimas veces; le decía "Siempre te saboteas a tu misma".

Acudió a sus amigas, amigos y vecinos más sinceros, así como a su terapeuta quien la ayudó a superar conflictos sumamente importantes, también a una amiga especialista tanatología y Coach of the Sould por medio de video-llamadas desde lejanas tierras, quien le proporcionó gran parte de su valioso tiempo, le enseñó y ayudó a eliminar sus temores ante cierta persona violenta, así como ejercicios, músico-terapia, tapping o lo que hoy día se llama sistema holístico o sea toques con las yemas de los dedos en zonas de la cara para subir el ánimo, y eliminar la depresión, consejos y opiniones.

Por el apoyo de esos Seres Humanos con mayúscula, procesó y logró eliminar sentimientos de orfandad o abandono que la invadían desde niña por parte de madre, no así de padre, sin embrago comprendió que ambos dejaron el alma trabajando, luchando incansables con el mismo objetivo: que a sus hijos y a ella nunca les faltara absolutamente nada, aunque en su infancia quedaba en soledad a causa de la carencia de tiempo de la mami para aconsejarla, guiarla, educarla; pero a pesar de eso su madre, mujer excepcional en todos los aspectos, fue quien le proporcionó lo mejor de su vida, las mejores cosas, educación, viajes, experiencias y enseñanzas, aprendió que crecer a veces duele, pero la mujer-niña que equivocadamente se creía abandonada, había reencontrado a el amor materno, porque la despidieron de un empleo en el que trabajó más de veinte años, y tuvo tiempo para conocer realmente a su madre gracias a los diez últimos años en que convivieron, formaron una gran unión que las caracterizó, se confesaron sentimientos, sacrificios, penas y compartieron experiencias.

Continúa asimilado esas vivencias así como el dolor que le causaron, ha luchado consigo misma para amarse un poco más, y felizmente ha encontrado su verdadero sendero, como dice Don Juan, todos los caminos llegan al mismo lugar, pero existen caminos y senderos sin corazón y otros con corazón, ella eligió su sendero con corazón, vive inmensamente agradecida con la vida, su familia, amigos y amigas de verdad, seres queridos y con todas las personas que le han ayudado a descubrir infinidad de virtudes y defectos en ella misma, hoy día aprecia la dualidad del ser humano, rechaza cualquier fanatismo, busca humildemente y se da tiempo para escuchar al Ser Supremo, que no es otro sino el mismísimo creador, va por la vida sin necesitad de compañías banales, sino todo lo contrario; día a día trabaja emocionalmente, para que los recuerdos de los momentos más hermosos y hasta los más tristes que vivió con su padre, con su madre; sean solamente eso, hermosos y sabios recuerdos, magníficos, pero al fin y al cabo recuerdos, se esfuerza para continuar creciendo como persona y no olvidar jamás qué y quién es realmente:

"Una creatura divina pero al fin y al cabo simple creatura", diariamente se propone ser mejor para ella misma y para los demás, solo quiere vivir en paz, en esa paz interna que nace del corazón, tiene la certeza de que no es un cuerpo con alma, sino que es alma con un cuerpo, sabe que todo y todos estamos íntimamente relacionados.

Agradece a Dios diariamente, cada instante, en cada respiración por la vida que te tocó, el planeta al que fue invitada a experimentar vivencias, por la familia que le dio el creador y el permiso de elegir todas y cada una de sus vivencias y a las personas que la han hecho ser la mujer que ahora es.

De repente dibuja árboles pero lozanos, con hojas, flores escribe la leyenda:

"No estés triste, ahora es tiempo de luciérnagas"

FIN

Printed in the United States
By Bookmasters